COLLECTION FOLIO

© *Reiser et Éditions Albin Michel S. A., 1987.*

REISER

jeanine

Albin Michel

Ces dessins sont parus
dans *Hara-Kiri* de 1976 à 1982.
La mise en page de cette édition
a été faite postérieurement
à la disparition de l'auteur.

LES ENFANTS... CE MATIN, MAMAN N'A PAS ENVIE DE SE LEVER
ALORS TOI TU VAS FAIRE DU CAFÉ
TOI TU VAS CHERCHER DES CIGARETTES
ET TOI TU ME FAIS GRILLER DU PAIN
POURVU QU'IL NE SE FASSE PAS ÉBOUILLANTER
POURVU QU'ELLE NE SE FASSE PAS ÉCRASER
POURVU QU'IL NE SELEC-TROCUTE PAS...
POURVU QUE LE CAFÉ SOIT BON
AH LÀ LÀ... ÊTRE MÈRE...
...AVOIR DES ENFANTS, C'EST L'ANGOISSE PERMANENTE!
REISER

EFFECTIF DU LYCÉE
HEU... MADAME
JE VOUS AI FAIT VENIR AU SUJET DE VOTRE PETIT JOHNNY
VOILÀ... C'EST ASSEZ DÉLICAT À FORMULER
QU'EST-CE QUE JE M'EMMERDE...
TOUT D'ABORD, JE NE VOUS APPRENDRAI RIEN...
... EN VOUS DISANT QUE VOTRE FILS A DES RÉSULTATS PLUS QUE MÉDIOCRES
INDISCIPLINE, MANQUE D'INTÉRÊT
QU'EST-CE QUE JE M'EMMERDE...
ON NE CONSTATE AUCUNE AMÉLIORATION DEPUIS LE PREMIER TRIMESTRE
J'AI LÀ SON CARNET; COMME VOUS AVEZ PU LE REMARQUER, AUCUNE NOTE NE DÉPASSE LA MOYENNE
HO LÀ LÀ...
JE VOIS DES DEUX... DES TROIS... DEUX ET DEMI...
SANS PARLER DES ZÉROS
IL EST ÉVIDENT QUE VOTRE PETIT JOHNNY MANIFESTE PEU D'ENTRAIN POUR L'ÉTUDE
QU'EST-CE QUE JE M'EMMERDE...
AGGRAVÉ DU FAIT QUE SES PROFESSEURS ONT REMARQUÉ UNE NETTE APATHIE...
... DUE AU MANQUE DE SOMMEIL
ZZZZZ
CONSÉCUTIF AUX TROP LONGUES SOIRÉES DE TÉLÉVISION
ZZZZZ

AUTRE CHOSE AUSSI... PLUS DÉLICATE...
ZZZZZ
RRRRR
ZZZZZZ
HUM...
HUM
RRRRRRRR
HRÛÛMM
ARRRRRRR
ZZZZZZ
HUM
HEU?
OÙ JE SUIS?
JE M'ÉTAIS ENDORMIE AVEC MA CIGARETTE ALLUMÉE ?
HOU LÀ LÀ... C'EST CE QUI ME FOUT LE PLUS LA TROUILLE AU MONDE!
LE MEILLEUR MOYEN POUR CRAMER TOUTE VIVANTE
ET VOUS LAISSEZ DES GENS S'ENDORMIR AVEC UNE CIGARETTE ALLUMÉE AU BEC, DANS VOTRE ÉTABLISSEMENT ?
AH, BRAVO!
ET ON VOUS CONFIE NOS GOSSES ! C'EST PAS POSSIBLE, DES TRUCS PAREILS!
REISER

JE ME DEMANDE SI JE PEUX METTRE UN TRUC PAREIL AVEC LE BIDE QUE J'AI...
ÇA M'IRA, ÇA?
QUELLE COULEUR JE PRENDS?
JE VAIS VOIR CE QUE ÇA DONNE SUR MON CUL.
HEU... JE VOUS SIGNALE, MADAME, QUE VOUS DEVEZ GARDER VOTRE SLIP POUR ESSAYER LE MAILLOT.
QUOI?
J'AURAIS DU MAL, JE NE METS PAS DE CULOTTE L'ÉTÉ!
POURQUOI? VOUS AVEZ PEUR QUE J'Y LAISSE DES POILS, DANS VOTRE BIKINI?
CRAIGNEZ RIEN, DES POILS, J'EN AI PLUS!
1

J'AI CHOPÉ DES MORPIONS L'AUTRE JOUR ET J'AI ÉTÉ OBLIGÉE DE ME RASER LA CHATTE
VOUS AVEZ PEUT-ÊTRE PEUR QUE JE LAISSE UN VIEUX TAMPAX AU FOND DE VOTRE MINI ?
LÀ NON PLUS, NE CRAIGNEZ RIEN...
JE SUIS EN CLOQUE DE SIX SEMAINES ET JE PARS ME FAIRE AVORTER...
...AU SOLEIL !
C'EST POUR ÇA QU'IL ME FAUT UN MAILLOT DE BAIN : POUR BRONZER PENDANT MA CONVALESCENCE.
FINALEMENT, JE PRENDS LE NOIR !
ÇA FAIT PLUS DISTINGUÉ !... HIN HIN HIN !
REISER

C'EST PAS VRAI.. LE TAS DE LINGE SALE N'A JAMAIS ÉTÉ SI HAUT...
ÇA DOIT FAIRE DEUX MOIS QUE J'AI PAS MIS LES PIEDS À LA LAVERIE
UN QUI GRIMPE PAS MAL AUSSI, C'EST LE TAS DE BOÎTES DE CONSERVE...
C'EST FOU CE QUE ÇA DÉVORE, TROIS MÔMES...
AH, MAIS LE TAS DE VAISSELLE N'EST PAS MAL PLACÉ NON PLUS...
DITES DONC, MES CHÉRIS, ON S'AMUSERAIT PAS À FAIRE LA COURSE PENDANT QUE TATA JEANINE A LE DOS TOURNÉ?
HÉ! JE VOUS SIGNALE QUE LE TAS DE VAISSELLE A TRICHÉ UN PEU AU DÉPART, VU?
JE NE VEUX PAS CRÉER LA ZIZANIE CHEZ VOUS, MAIS JE SUIS POUR L'HONNÊTETÉ QUAND ON JOUE.
BZZZZZZZOING
1

BZZZZOING
QUI C'EST CE CONNARD ?
JE VIENS VOUS APPORTER LE MESSAGE DE LA BIBLE
HEU... NON MERCI
VOUS SAVEZ, QUAND ON A TROIS GOSSES...
LES COURSES, LA CUISINE, LA VAISSELLE, LA LESSIVE, LE MÉNAGE...
ON N'A PAS LE TEMPS DE LIRE...
JE COMPRENDS
HOU HOU HOU
« JE COMPRENDS » QU'ELLE DIT...
ELLE N'A RIEN COMPRIS DU TOUT, LA PETITE CONNE !
REISER

Y'A PAS QUE LES OIGNONS QUI ME FONT PLEURER...
TOUS LES LÉGUMES ME FONT PLEURER QUAND JE LES ÉPLUCHE !
HOU HOU HOU
JE NE CONNAIS RIEN DE PLUS TRISTE AU MONDE QUE D'ÉPLUCHER DES PATATES
ET LES CAROTTES, DONC !...
ET LES NAVETS, ET LES POIREAUX, ET LES COURGETTES !...
ÇA ME FOUT UN DE CES CAFARDS !...
MAIS CE QUE C'EST CON, UN LÉGUME !... CE QUE C'EST CON !
EN ME FORÇANT, JE SUPPORTERAIS PEUT-ÊTRE DE VIVRE AVEC UN IVROGNE...
...UN FEIGNANT, UN VOYOU, UN QUI PUE DES PIEDS, QUI RONFLE LA NUIT...
MAIS JE NE SUPPORTERAI JAMAIS UN VÉGÉTARIEN !
BONK
REISER

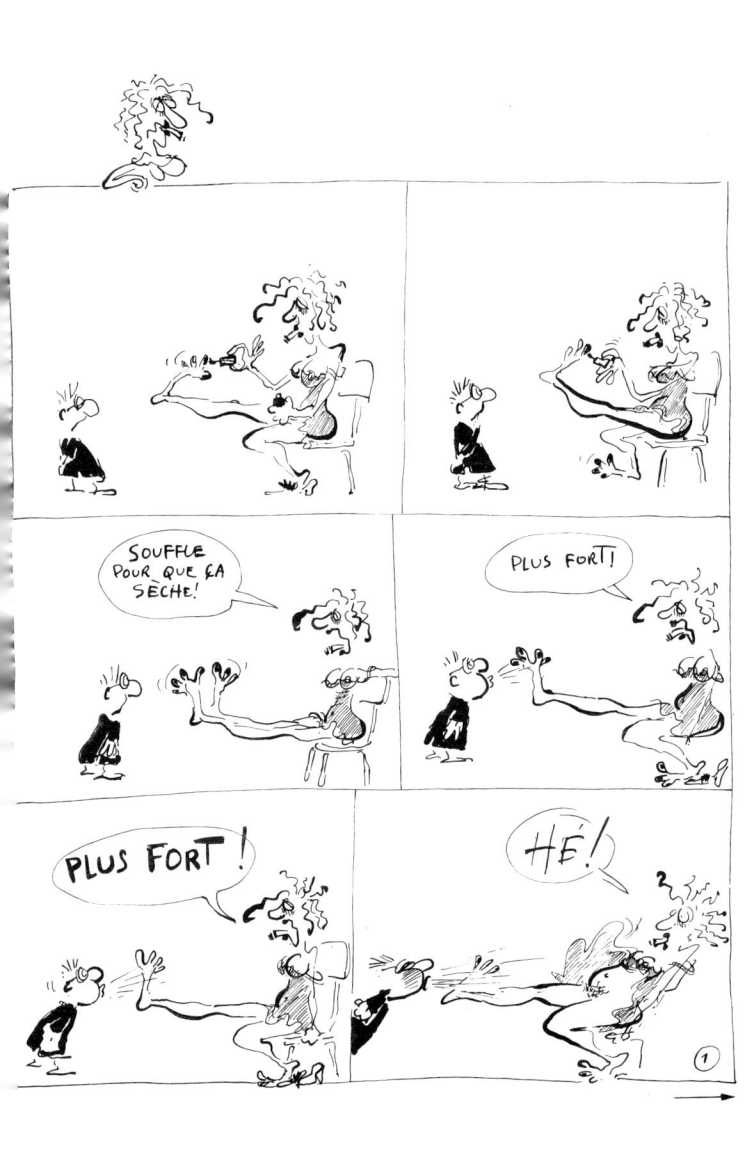
SOUFFLE POUR QUE ÇA SÈCHE!
PLUS FORT!
PLUS FORT !
HÉ!

TIENS, PETIT VICIEUX !
T'AS PAS HONTE D'ÊTRE COMME ÇA, À TON ÂGE ?...
TOUT SON BEAU-PÈRE !
ÇA SÈCHERA JAMAIS !
ARRIVE ICI !
TU VAS RECOMMENCER À SOUFFLER...
MAIS ATTENTION !
2

CETTE FOIS, EN METTANT TES MAINS DEVANT LES YEUX !
ET GARE À TA GUEULE SI TU REGARDES !
ESSAYER DE VOIR LA CHATTE DE TA MÈRE... À TON ÂGE... QUELLE HONTE !
ET QUEL ÂGE T'AS, DÉJÀ ?
BIENTÔT DIX ANS.
DIX ANS...
EH BEN, ÇA TE SERVIRA DE GÂTEAU D'ANNIVERSAIRE !
REISER

AU REVOIR, LES ENFANTS.
ALLEZ, TIRE-TOI!
D'UN AUTRE CÔTÉ, ÇA VAUT MIEUX AINSI
QUAND JE PENSE QUE J'AI IMAGINÉ T'EMMENER AVEC MOI,... UN JOUR, DANS MON VILLAGE...
SEIGNEUR! ... QUELLE TÊTE AURAIT FAIT MA MÈRE!...
HIN HIN HIN
AH, JE T INTERDIS D
TE MOQUER DE MA MÈRE
MA MÈRE EST UNE SAINTE FEMME! TU NE POSSÈDES PAS LE DIX-MILLIONIÈME DE SES QUALITÉS!
BEN, VA LA RETROUVER!
UN JOUR, JE RETOURNERAI DANS MON VILLAGE...
...POUR Y RETROUVER LA PAIX ET LA SÉRÉNITÉ...
ARRÊTE DE CAUSER!
...RETROUVER L'HARMONIE AVEC LA NATURE, LES ÉLÉMENTS...
T'AS TOUJOURS TROP CAUSÉ!
T'AS ÉTÉ ÉLEVÉ AVEC LES PERROQUETS, QUAND T'ÉTAIS PETIT?

AH, NE SOIS PAS RACISTE, EN PLUS !
TIRE-TOI !
DIEU M'EST TÉMOIN, LA SEULE PETITE CHOSE QU'ON NE PUISSE TE REPROCHER...
... JE T'EN RENDS GRÂCE...
... JAMAIS TU N'AS MANIFESTÉ DE RACISME À MON ÉGARD.
LA PREUVE : TU AS ACCEPTÉ MA PRÉSENCE À TES CÔTÉS.
POUR UNE COURTE PÉRIODE, C'EST VRAI...
MAIS PEU DE FEMMES AURAIENT EU CE COURAGE !
OUAIS, PAS DE SENTIMENT !
SI JE T'AI HÉBERGÉ, C'EST UNIQUEMENT...
... MAIS UNIQUEMENT...
POUR FAIRE CHIER LES VOISINS !
AVEC UN NÈGRE, MAINTENANT !
ET ÇA A TROIS GOSSES !
ÇA VA BIENTÔT ÊTRE HARLEM !
QUAND ILS COMMENCENT À ARRIVER, LA VALEUR DES MAISONS DÉGRINGOLE !
REISER

LES ENFANTS, ON VIENT DE TOUCHER UNE AIDE DE LA MAIRIE
PIZZA LUIGI
PAS DE CUISINE AUJOURD'HUI, ON VA À LA PIZZA
OUAIS !
ET VOILÀ OÙ PASSENT NOS IMPÔTS !
PIZZA ROYALE !
PIZZA NAPOLI
HMMM...
AH... MADAME JEANINE...
PERMETTEZ-MOI DE VOUS OFFRIR L'APÉRITIF
NON
MMMMM...
OH, ET PUIS SI, TIENS ! ÇA ME DONNERA DU COURAGE POUR BOUFFER TES SALOPERIES !
1

ET VOILÀ OÙ PASSENT NOS CHARGES SOCIALES !
ENCORE LUI...
AH, DIS-DONC !...
OBLIGER UN MEC À VOUS FILER DU POGNON POUR NOURRIR LES MÔMES QU'IL VOUS A FAITS...
C'EST DÉJÀ PAS DE LA TARTE !
MAIS QUAND, EN PLUS, IL N'A MÊME PAS TIRÉ UN COUP POUR VOUS LES FAIRE...
ALORS, LÀ... IL A BEAUCOUP, BEAUCOUP DE MAL À LE DIGÉRER !
À TA SANTÉ, VIEUX CON... TRIBUABLE !
HONTEUX
2
REISER

QU'EST-CE QUE...
Tchic Tchic
QU'EST-CE QUE C'EST QUE ÇA ?
MAIS C'EST UN CAFARD ?
Tchic Tchic Tchic
UN CAFARD CHEZ MOI ?...
ÇA ME DÉPRIME
PAS LE CAFARD. JE M'EN FOUS, DU CAFARD...
CE QUI ME FOUT EN L'AIR, C'EST QU'ON VA M'ACCUSER, MOI, DE LES AVOIR INTRODUITS DANS L'IMMEUBLE...
ET C'EST FAUX !
SI QUELQU'UN ATTIRE LES BLATTES, ICI, C'EST L'UNE DE CES BOBONNES ET SES MONCEAUX DE PROVISIONS !...

J'AI EN TOUT ET POUR TOUT TROIS BOITES DE RAVIOLIS ET DEUX BOITES DE PILCHARDS!
OÙ VOULEZ-VOUS QU'ELLES TROUVENT DE QUOI BOUFFER, CES PETITES BÊTES ?
J'ATTIRERAI LES CAFARDS ICI QUAND LES CAFARDS SAURONT OUVRIR LES BOITES DE CONSERVE!
ET C'EST PAS DEMAIN LA VEILLE!
JEANINE!
TON MÔME VEUT QUE TU VIENNES L'ENLEVER DU POT!
JE PEUX PAS!
JE SUIS DANS LA CUISINE ET J'AI LES DEUX MAINS OCCUPÉES
JEANINE, LES DEUX MAINS OCCUPÉES DANS UNE CUISINE ?... FAUT QUE J'AILLE VOIR ÇA...
BEN, OUI, UNE MAIN POUR CHASSER LES CAFARDS ET L'AUTRE POUR GRATTER MES MORPIONS!
AH, D'ACCORD...
PLAF
TCHIC TCHIC TCHIC
REISER

ALLEZ LES MÔMES... CORVÉE DE CRÊME A BRONZER SUR MAMAN.
AU BOULOT!
ET ON FROTTE POUR FAIRE PÉNÉTRER!
ON FROTTE POUR QUE MAMAN SOIT TOUTE BRONZÉE EN REVENANT DE VACANCES
POUR FAIRE CHIER LES VOISINES!
AAAH JE SUIS BIEN!

2
QU'UNE MÈRE SE FASSE ENDUIRE DE CRÈME PAR SES ENFANTS, JE TROUVE ÇA MALSAIN !
QU'À LA RIGUEUR ON SE FASSE FAIRE ÇA PAR SON MARI ?...
VOUS AVEZ TORT !
POUR FAIRE PÉNÉTRER LA CRÈME DANS LES PLIS Y'A RIEN DE MIEUX QUE LES PETITES MAINS !
REISER

TU BOSSES PAS ?
JE PRENDS MON SERVICE À MIDI
QUEL MÉTIER DE FEIGNANT !
TU M'APPORTES MON CAFÉ AU LIT ?
?
HIN HIN HIN

... AVEC DES CROISSANTS ? ...
HIN HIN HIN
SI ?
ÇA N'A PAS L'AIR D'ÊTRE LE GENRE DE LA MAISON...
VOILÀ VOILÀ !
EXCUSE-MOI, J'AVAIS PLUS DE TASSE PROPRE...
MON KÉPI !
TU VEUX QUE JE METTE DE LA CONFITURE SUR TON REVOLVER ET TES MENOTTES AU GRILLE-PAIN ?
FALLAIT LE DIRE TOUT DE SUITE QUE T'AIMAIS PAS LES FLICS !
J'AI PAS SUCRÉ, J'AVAIS PEUR QUE MON SUCRE EN POUDRE SE FÂCHE AVEC TES PELLICULES.
2
REISER

ALLÔ! LE CENTRE DE BABY-SITTING?
JE VOUDRAIS UNE JEUNE FILLE POUR GARDER MES ENFANTS CE SOIR, JE VAIS AU CINÉMA
ALLÔ? HEIN? NON NON Y'A PAS GRAND-CHOSE À FAIRE
GARDER LES GOSSES ET LAVER DEUX BOLS
ET PUIS DEUX TROIS PETITES BRICOLES
C'EST D'ACCORD POUR CE SOIR ? BON, MERCI!
EN GÉNÉRAL, À PEINE ARRIVÉES, ELLES SE SAUVENT...
J'ATTENDS TOUJOURS CELLE QUI METTRA TOUT EN ORDRE ET PROPRE PENDANT QUE JE ME PAIERAI UNE TOILE
QUOI... LE CINOCHE, C'EST FAIT POUR FAIRE RÊVER...
REISE

QU'EST-CE QUE J'AI À ME GRATTER COMME ÇA?
RÎNÎNÎN
MA PAROLE, MAIS J'AI DES MORPIONS!...
?
QU'EST-CE QUE C'EST QUE ÇA?
C'EN EST UN!...
BÊÊÊÊÊ
LA SALE BÊTE!
1

HORREUR!
J'EN SUIS COUVERTE!
QUI C'EST QUI M'A REFILÉ ÇA ?
JE VOUDRAIS UN FLACON DE LAIN'DOUCE
PAIC
RÎN ÎNÎN RÎN! RIN MMMMH.
QUE EST LE SALAUD, L'ENFANT DE PUTE QUI A OSÉ ME REFILER DES MORBACS!

MADAME JEANINE...
DONNEZ-MOI UN TRUC CONTRE LES INSECTES
QUEL GENRE D'INSECTE MADAME JEANINE ? DES CAFARDS, DES PUCES, DES MOUCHES, DES ARAIGNÉES, DES MOUSTIQUES, DES MITES ?...
CEUX QUE VOUS N'AVEZ PAS CITÉ
HEU
HEU
DES FOURMIS ?
NON
DES GUÊPES ?
NON
DES PUNAISES ?
NON
DES CLOPORTES ?
NON
DES MILLE PATTES ? DES SCARABÉES ? DES HANNETONS ?
NON NON NON
DES TERMITES !
NON
ALORS LÀ JE NE VOIS PAS
VOUS NE VOYEZ VRAIMENT PAS ?
FINALEMENT, JE N'AI PAS SI MAUVAISE RÉPUTATION QUE ÇA DANS LE QUARTIER...
REISER

HÉ! TON YAOURT, IL EST MARQUÉ : "NE PAS CONSOMMER APRÈS LE 11 MARS" !
ON EST LE 27!...
16 JOURS DE RETARD, IL A!...
TU VAS ME FAIRE CREVER, AVEC TES CONNERIES !
POUR TOI, C'EST FACILE, AVEC TA MONTRE DE LUXE...
... QUI MARQUE LES JOURS !
TIENS, BEN, TU ME LA DONNES !

ELLE EST TRÈS JOLIE, J'EN AVAIS PAS, ET JE PRÉFÈRE LES MONTRES D'HOMME !
ÇA ME FAIT CHIER DU YAOURT !...
SURTOUT DU YAOURT PAS FRAIS !...
OUAIS, BEN MOI ÇA ME FAIT PAS RIRE, ET J'AI BESOIN D'UNE MONTRE !
T'AS PAS BESOIN D'UNE MONTRE POUR SAVOIR QUEL JOUR ON EST...
.. PUISQUE TU BOUFFES DU YAOURT TOUS LES JOURS !
CLAP
TU PRENDS LA CAPSULE AVEC LA BONNE DATE...
..TU LA POSES DELICATEMENT SUR TON POIGNET, ET TU RAJOUTES UN ELASTIQUE..
REISER

HÉ, ÉCOUTE... ILS DONNENT UNE RECETTE DE CUISINE À LA RADIO
VOUS COUPEZ UNE PINTADE EN QUATRE
MMMM
TU POURRAIS PRENDRE DES NOTES...
MMMM
ÇA NOUS CHANGERAIT DES CONSERVES
AU LIEU DE PASSER TES JOURNÉES À TE PEINTURLURER LES ORTEILS!
VOUS FAITES REVENIR LES OIGNONS
MMMM
CONFISQUÉ!
RENDS-MOI ÇA!
NON
RENDS-MOI ÇA TOUT DE SUITE!
BON BON

SI ENCORE T'ÉTAIS GENTILLE...
VOUS AJOUTEZ LE COULIS DE TOMATES...
TIENS, JE VIENS D'EN INVENTER UNE, DE RECETTE...
?
LA CHOUCROUTE AU VERNIS À ONGLES
T'ES DINGUE !
C'EST LA DERNIÈRE BOÎTE QUI RESTAIT... ET LES MAGASINS SONT FERMÉS !...
IL RESTE UNE SOLUTION : TU M'INVITES À LA BRASSERIE
MAIS ON EST PAS PRÊTS ET ELLE FERME DANS UNE HEURE !..!
METS UNE VESTE, J'AI PASSÉ MON VERNIS À ONGLES, C'EST CE QUI EST LE PLUS LONG !
REISER

ALLÔ ?
MÉNIE MÉNAGE ?
ICI MÉNIE MÉNAGE, JE VOUS ÉCOUTE !...
JE SUIS LÀ, POUR RÉPONDRE À TOUTES VOS QUESTIONS CONCERNANT LA MAISON LA CUISINE, LES ENFANTS etc...
BON. QUAND ON LAISSE DES... PAR EXEMPLE RAVIOLIS DANS UNE CASSEROLE PENDANT QUELQUE TEMPS...
IL SE FORME AU DESSUS UNE COUCHE VERDÂTRE ET POILUE... PARFOIS ASSEZ ÉPAISSE... HEU...
...CINQ, SIX CENTIMETRES
OUI... HEU... C'EST DE LA MOISISSURE
MAIS IL FAUT LES LAISSER LONGTEMPS...
OUAIS... J'AI ÉTÉ UN PEU DÉBORDÉE CES DERNIERS TEMPS...
À CE PROPOS

AUJOURD'HUI J'AI ÉTÉ UN PEU FATIGUÉE, JE ME SUIS ENDORMIE EN OUBLIANT...
...DE FAIRE LES COURSES ET QUAND JE ME SUIS RÉVEILLÉE, LES MAGASINS ÉTAIENT FERMÉS !
ALORS MES GOSSES QUI ONT TOUJOURS FAIM, COMME IL N'Y AVAIT RIEN DANS LE FRIGO, ILS ONT ENLEVÉ LA COUCHE DE MOISI ET ILS ONT MANGÉ TOUS LES RAVIOLIS !
ALORS,... JE VOUDRAIS SAVOIR...
EST-CE QUE C'EST POISON ?
HEU... PAS VRAIMENT MAIS...
C'EST PAS POISON ?
FORMIDABLE !
ALORS, JE VAIS POUVOIR ALLER AU CINÉMA PLUTÔT QUE D'ATTENDRE LE MÉDECIN ?
MERCI MENIE, MERCI !
QU'EST-CE QU'ON FERAIT SANS VOUS...
...NOUS, LES PAUVRES MÉNAGÈRES...
REISER

TU FINIRAS TA VIE TOUTE SEULE, COMME UN CHIEN !
TIRE-TOI !
UN JOUR, PLUS PERSONNE NE VOUDRA DE TOI !
TIRE-TOI
OH, JE M'EN VAIS, JE M'EN VAIS, T'AS PAS BESOIN DE ME POUSSER !
AH, J'OUBLIE UN TRUC !
LA COCOTTE-MINUTE QUE JE T'AI OFFERTE...
O.K., JE TE LA REND
NON MAIS...
JE NE VOIS PAS POURQUOI UN MEC SE FERAIT MIJOTER DES PETITS PLATS...
...DANS UNE COCOTTE-MINUTE QUE J'AURAI PAYÉE, MOI !
BLING
ATTRAPE !
HÉ !

ÇA VA PAS, NON?
UNE COCOTTE-MINUTE TOUTE NEUVE!...
ET TU NE T'EN ES PAS SERVIE UNE SEULE FOIS!
TU L'AS, TA COCOTTE? ALORS TU TE TIRES!
BON, ON..
AH, JE M'EN SOUVIENDRAI, DE CELLE-LÀ!
AH OUI!
AH OUI! AH OUI!
TOUTE NEUVE
LE MODÈLE LUXE
EN INOX
JE L'AVAIS PAYÉE... J'SAIS PLUS... VACHEMENT CHER.
?
C'EST PAS POSSIBLE... LLE N'A PAS FAIT ÇA?
ELLE N'A PAS FAIT ÇA?
VIDER LES ORDURES DANS MA COCOTTE TOUTE NEUVE POUR ME FAIRE DESCENDRE LA POUBELLE UNE DERNIÈRE FOIS...
REISER

JE VOUDRAIS UN PETIT PAQUET DE LESSIVE
J'AI DIT UN PETIT PAQUET
C'EST CE QUE NOUS AVONS DE PLUS PETIT
IL EST GIGANTESQUE !
J'EN AI AU MOINS POUR UN AN D'UN TRUC PAREIL...
ET ENCORE... PARCEQUE J'EN FOUS LA MOITIÉ PAR TERRE CHAQUE FOIS QUE JE M'EN SERS !
ENFIN... PUISQU
N'Y A QUE ÇA

AH C'EST PAS ELLE QUI ACHÈTERAIT LA LESSIVE PAR 20 KILOS...
NI DU LAVE VAISSELLE PAR BONBONNES FAMILIALES
NI DU LAVE-VITRES
NI MÊME DU SIROP POUR SES GOSSES
IL Y A UN TRUC QU'ELLE ACHÈTE PAR BIDONS DE CINQ LITRES... UN!
C'EST SON VERNIS À ONGLES!
REISER

TIENS
ELLE A SES LUNETTES NOIRES...
ÇA VEUT DIRE QU'ELLE A PRIS UN GNON HIER SOIR PAR SON JULES
HI!HI!
C'EST POUR PAS QU'ON VOIE QU'ELLE A UN ŒIL POCHÉ
HI HI HI!
COMME SI DES LUNETTES NOIRES LARGES COMME DES SOUCOUPES NE SE REMARQUAIENT PAS PAR LE TEMPS QU'IL FAIT...
AH... BEN...
SI VOUS VOULEZ DES LUNETTES NOIRES, JE PEUX VOUS EN PRÊTER UNE PAIRE
PAS LA PEINE D'EN ACHETER, AVEC LE MARI RACHITIQUE ET FOIREUX QUE VOUS VOUS PAYEZ
...ÇA SERAIT JAMAIS RENTABIL
REISER

QU'EST-CE QUE T'AS À GUEULER?
MAIS QU'EST-CE QUE T'AS A GUEULER?
QUAND T'ES COUCHÉ, TU GUEULES...
QUAND T'ES ASSIS, TU GUEULES!
QUAND JE TE BERCE, TU GUEULES!...
TU VEUX QUE JE TE JETTE PAR LA FENÊTRE?
TU VEUX QUE JE T'ÉCRASE LA TÊTE CONTRE LE MUR?
TU VEUX QUE JE TE JETTE DANS LA FRITEUSE?
?
TU COMPRENDS ÇA, TOI?
À HUIT MOIS?
NOM DE DIEU!
EST-CE QUE J'AURAIS PONDU UN SURDOUÉ?
REISER

OH, LÀ LÀ... QUELLE GUEULE JE ME PAIE...
J'AI DE CES VALOCHES SOUS LES YEUX !
C'EST DE LA COUPEROSE, ÇA ?...
ÇA SE VOIT À PEINE, MAIS ÇA SE VOIT
MERDE!
ÇA VA PAS!
JE VIEILLIRAIS, OU QUOI ?
HEUREUSEMENT...
...DE CORPS, JE TIENS LE COUP
JE ME TROUVE MÊME PAS MAL, POUR MON ÂGE...
MES NICHONS, BIEN DES PETITES JEUNES EN VOUDRAIENT D'AUSSI BEAUX
BON, D'ACCORD, J'AI DEUX-TROIS VERGETURES...
...ET MÊME QUELQUES PLIS SUR LE BIDE...
MAIS C'EST PAS CATASTROPHIQUE
1

ET MES JAMBES ?... IMPECCABLE, ÇA, MADAME !
ET MON CUL, IL EST PAS BEAU, MON CUL ?...
PLAF
SANS ME VANTER, J'AI UN CUL EXTRAORDINAIRE !
ET TOUT ÇA SANS GYMNASTIQUE, SANS YOGA, SANS RÉGIME, SANS FOOTING !
PLAF
D'ACCORD, JE POURRAIS ÊTRE ENCORE MIEUX !
MAIS COMPTE TENU DE LA JEUNESSE QUE J'AI EUE...
DE MES TROIS MÔMES...
SANS PARLER DES AVORTEMENTS...
... NI DE TOUS LES MECS QUI ME SONT PASSÉS DESSUS !
DES DEUX, TROIS PAQUETS QUE JE FUME CHAQUE JOUR
DE TOUT CE QUE J'AI PICOLÉ...
DE TOUTES LES FOIRES QUE J'AI FAITES...
JE DEVRAIS ÊTRE MISS UNIVERS !
LE MORAL EST REVENU !
AUCUNE FEMME AU MONDE N'AURAIT PU FAIRE CE QUE J'AI FAIT EN RESTANT AUSSI BELLE !
ALORS, C'EST PAS DES MÉMÈRES DE QUARTIER QUI VONT M'EN IMPOSER !
PLAF
REISER

LUNDI DES CONSERVES, MARDI DES CONSERVES, MERCREDI DES CONSERVES, JEUDI DES CONSERVES, VENDREDI DES CONSERVES...
TU NE FERAS DONC JAMAIS DE CUISINE?
HÉ, FAIS GAFFE, TU METS DES GOUTTES DE JUS SUR LES DISQUES!
C'EST MALIN..
PAS LA PREMIÈRE FOIS QU'IL DÉGUSTE, CELUI-CI...
Y'A DE TOUT DESSUS... DE LA GRAISSE, DES BOUTS DE VERMICELLE, DES PEAUX DE LENTILLES, DES ÉCAILLES DE SARDINES, DE LA SAUCE TOMATE...
C'EST PAS DES DISQUES QUE T'AS, C'EST DES PIZZAS!
TU VOIS BIEN QUE ÇA M'ARRIVE DE FAIRE DE LA CUISINE...
REISER

AAAH JEANINE...
TES FESSES DURES COMME DU GRANIT
TON ODEUR DE CREVETTE AVARIÉE...
PLAF
LES VAGUES QUI ME FOUETTENT !
DÉGUEULASSE !
PFLUIT !
LES EMBRUNS SUR LE VISAGE...
TOUT CHEZ TOI ME RAPPELLE MA BRETAGNE NATALE...
QUEL DOMMAGE QUE TU NE SACHES PAS FAIRE DE CRÊPES...
QUELS CONS CES BRETONS !
REISER

TU ME MONTRES TA CHATTE ?
DIS ?
ÉPLUCHE LES PATATES !
J'ÉPLUCHE LES PATATES SI TU ME MONTRES TA CHATTE...
ÉPLUCHE LES PATATES !
BON, BON.
J'ÉPLUCHE LES PATATES, ET APRÈS, TU ME MONTRES TA CHATTE.
D'ACCORD?
VOILÀ, J'AI FINI, J'ATTENDS MA RÉCOMPENSE !
AH, NON! T'AVAIS PROMIS !
LAVE PAR TERRE.
AH, NON!
JE LAVERAI PAR TERRE SI TU ME MONTRES TA CHATTE !
LAVE PAR TERRE !
BON, BON.
JE LAVE PAR TERRE, ET TU ME MONTRES TA CHATTE...
... D'ACCORD?
1

J'AI FINI! ALORS, MA PETITE RÉCOMPENSE?
AH, NON! T'AVAIS PROMIS!
AH, NON! NON, NON!
PAS D'ACCORD!
C'EST POURTANT PAS DIFFICILE!
MÊME PAS DE CULOTTE, T'AS JUSTE À FAIRE ÇA!
C'EST TOUT!
... ET JE SUIS HEUREUX.
HÊÊÊÊ
BOUM BOUM
T'ES PAS GENTILLE, VRAIMENT PAS GENTILLE AVEC MOI!
BOUM BOUM
CLAC
APRÈS TOUT CE QUE J'AI FAIT POUR TOI!...
TU ME TRAITES PIRE QU'UN CHIEN!
MÊME LE POISSON ROUGE EST PLUS HEUREUX QUE MOI!
EXACT!
?
REISER

IL EXISTE DEUX GRANDS PRINCIPES, QUI RÉGISSENT LE MONDE ET QUE L'ON RETROUVE DANS LA NOURRITURE.
LE YING ET LE YANG
L'UN EST MÂLE, LE YANG. L'AUTRE EST FEMELLE, LE YING
DANS LE YING, ENTRENT: LA TOMATE, LES AUBERGINES, LA COURGETTE, LA POMME DE TERRE...
DANS LE YANG, TU TROUVES LES CHOUX, LES POIREAUX, LES CAROTTES, LE RIZ...
QU'EST-CE QUE JE M'EMMERDE.
OUAIS... C'EST INTERESSANT... REMARQUE, MOI AUSSI J'AVAIS DEJÀ CLASSÉ LES LÉGUMES EN DEUX CATÉGORIES
1 Y'A CEUX QUI S'ÉPLUCHENT
2 Y'A CEUX QUI NE S'ÉPLUCHENT PAS !...
REISER

CELLE LÀ!...
JE ME DEMANDE CE QU'ELLE AURA À DONNER À SES GOSSES QUAND ILS RENTRERONT DE L'ÉCOLE !...
REGARDEZ COMME VOTRE MAMAN EST BELLE!
OUAH! QU'ELLE EST BELLE!
TOUTE BRONZÉE!
ON A LA PLUS BELLE DU QUARTIER!
REISER

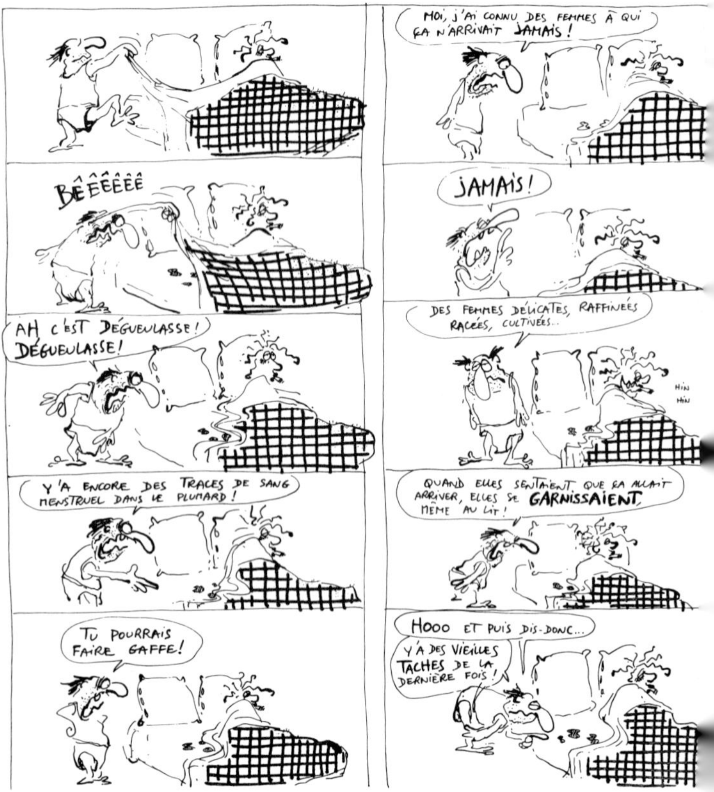
BÊÊÊÊÊÊ
AH C'EST DÉGUEULASSE! DÉGUEULASSE!
Y'A ENCORE DES TRACES DE SANG MENSTRUEL DANS LE PLUMARD!
TU POURRAIS FAIRE GAFFE!
MOI, J'AI CONNU DES FEMMES À QUI ÇA N'ARRIVAIT JAMAIS!
JAMAIS!
DES FEMMES DÉLICATES, RAFFINÉES RACÉES, CULTIVÉES...
HIN HIN
QUAND ELLES SENTAIENT QUE ÇA ALLAIT ARRIVER, ELLES SE GARNISSAIENT, MÊME AU LIT!
HOOO ET PUIS DIS-DONC...
Y'A DES VIEILLES TACHES DE LA DERNIÈRE FOIS!

LA PREUVE EST FAITE QUE TU CHANGES TES DRAPS UNE FOIS PAR MOIS!
HE
C'EST DU PROPRE!
UNE FOIS PAR MOIS...
DES DRAPS LUNAIRES!
BEN QUOI?
LA PHARMACIE EST JUSTE À CÔTÉ DE LA LAVERIE...
...JE DONNE LES DRAPS ET J'ACHÈTE MES TAMPAX EN MÊME TEMPS
BRAVO POUR L'ORGANISATION DOMESTIQUE!
TU DEVRAIS DONNER DES COURS À L'ÉCOLE MÉNAGÈRE!
UNE QUESTION: QUAND T'ARRIVERAS À LA MÉNOPAUSE, T'AURAS PLUS DE POINTS DE REPÈRE...
ALORS COMMENT SAURAS-TU QUAND IL FAUDRA CHANGER LES DRAPS?
PAS DE RÉPONSE... ÇA SERA PAS JOLI JOLI...
LAISSE-MOI TE DIRE QU'À TA MÉNOPAUSE J'ESPÈRE BIEN NE PLUS ÊTRE DANS TES DRAPS!
MOI AUSSI!
PARCE QUE À L'ÉPOQUE OÙ J'AURAIS MA MÉNOPAUSE...
TOI, T'AURAS L'ÂGE DE CHIER AU LIT!
②
REISER

JE BOIS UN COUP ET JE ME METS AU BOULOT !
MERDE ! C'EST BON, LE COGNAC !
11 HEURES ! ET PAS ENCORE HABILLÉE...
CELLE LÀ...
UN SEUL INCONVÉNIENT...
...C'EST CHER
BON ! CETTE FOIS, JE M'Y METS !
JUSTE UN DERNIER POUR ME DONNER DU COURAGE
ENCORE DERRIÈRE SES CARREAUX, LA VIEILLE CONNE ?
ELLE A LE DON DE M'ÉNERVER, CELLE-LÀ !
ELLE M'ÉNERVE, ELLE M'ÉNERVE !
SURTOUT QUAND LA BOUTEILLE EST VIDE !
LE COGNAC, ÇA ME DONNE DES IDÉES...
HÉ, LA VEUVE D'ADJUDANT !
REGARDE BIEN !...
PENDANT UNE SECONDE...
REISER

SOYEZ SAGES, LES ENFANTS, MAMAN VA NOUS APPORTER LA SOUPE.
HOUK
HOUÊK
HONK!
MÊÊÊRDE!
ET C'EST REPARTI POUR UN TOUR!

HEUREUSEMENT, ÇA VA VITE, LE POTAGE EN SACHET.
FAUT LE TEMPS QUE ÇA CHAUFFE, MALGRÉ TOUT.
AH!
ATTENTION!
DEMI-TOUR EN BEAUTÉ...
ÊH
MÊÊÊÊÊRDE!
AH.. NON!
LÀ, C'EST INJUSTE!
ULTIME ET DERNIER ESSAI.
TCHIC TCHIC
SOYEZ SAGES, LES ENFANTS, MAMAN VA VOUS APPORTER LA SOUPE.
DÉGAGEONS LES OBSTACLES.
CETTE FOIS, C'EST LA BONNE!

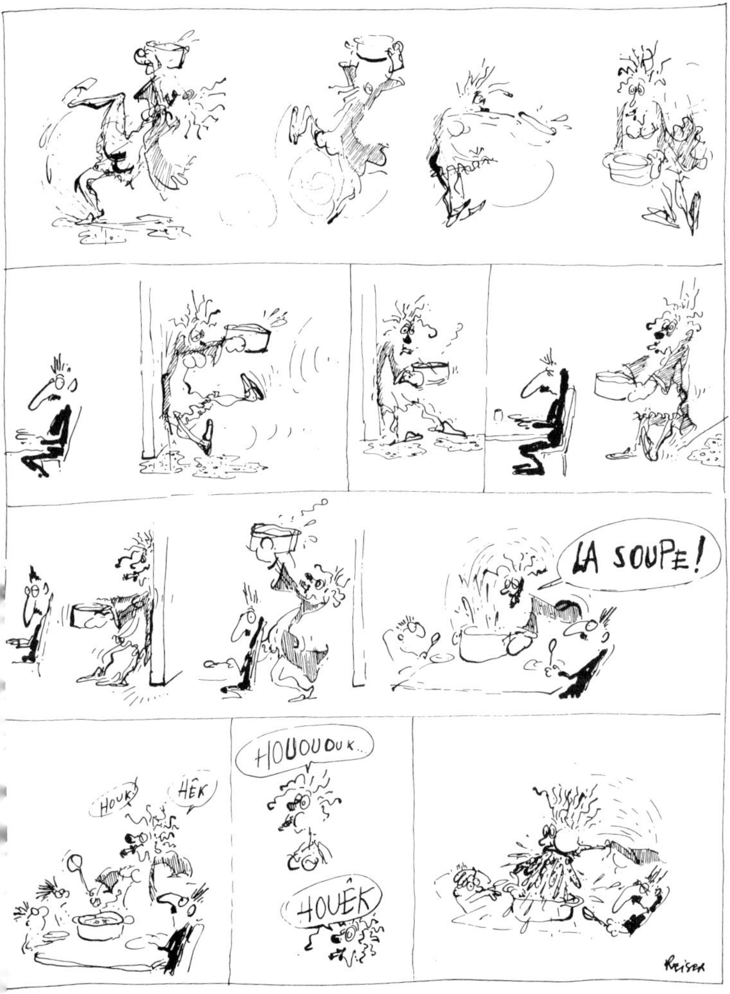
LA SOUPE !
HOUK
HÊK
HOUOUOUK...
HOUÊK
REISER

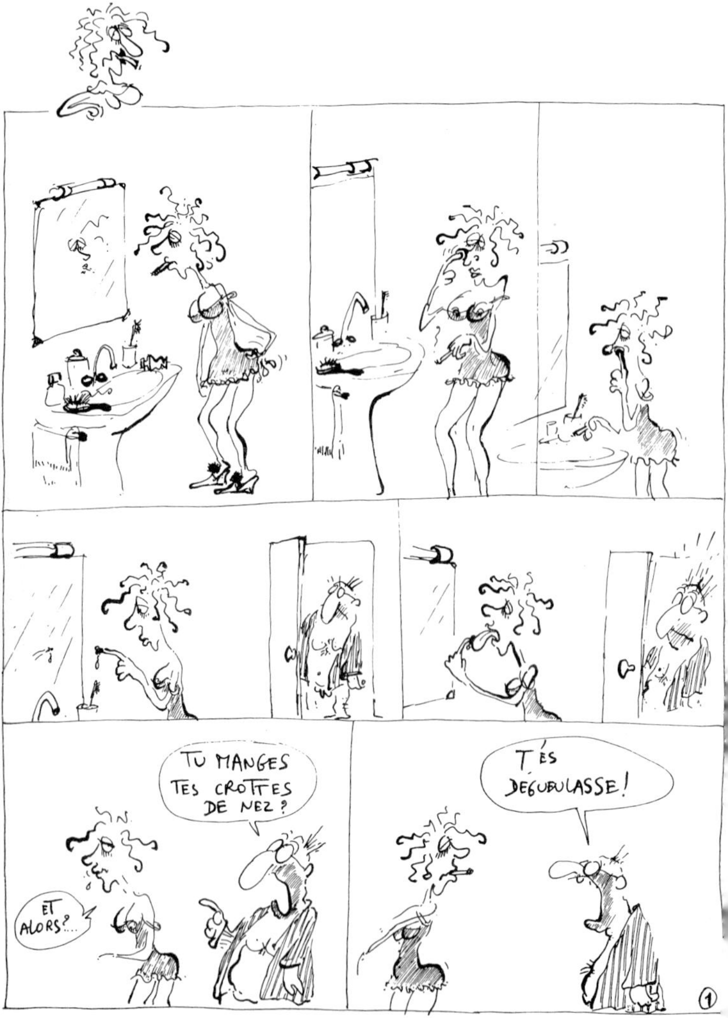
TU MANGES TES CROTTES DE NEZ ?
ET ALORS?...
T'ES DÉGUEULASSE !

DIS QUELQUE CHOSE!
ELLE MANGE SES CROTTES DE NEZ...
ÇA, ÇA ME LA COUPE!
JAMAIS VU UNE SALOPE PAREILLE...
T'ÀS PAS HONTE?
SI J'AIME ÇA...
C'EST PAS DE MANGER TES CROTTES DE NEZ QUE JE TE REPROCHE...
C'EST DE MANGER TES CROTTES DE NEZ ET DE RECRACHER MON SPERME QUAND TU ME FAIS UNE PIPE!
HI HI
REISER

GLOUK
PROUÂ
MAIS TU PÈTES?
ET ALORS?
EN DONNANT LE SEIN À TON ENFANT?
ET ALORS?
JAMAIS VU ÇA!
MA PAROLE, J'AI FAIT LA CORÉE, L'INDO, L'ALGÉRIE, LE TCHAD...
TIENS... VOILÀ DU BOUDIN...
J'AI VU DE TOUT, COMME FEMMES, DES JAUNES, DES NOIRES, DES BOUGNOULES, DES JEUNES, DES VIEILLES, DES PAYSANNES, DES PRINCESSES!...
T'AURAS DU BOUDIN...
J'EN AI JAMAIS, JAMAIS VU UNE...
... QUI PÉTAIT EN DONNANT LE SEIN À SON MÔME, JAMAIS...
PROUÂ

QUOI DE PLUS BEAU... QU'UNE MAMAN DONNANT LE SEIN À SON BÉBÉ ?...
ET QUOI DE PLUS LAID... QU'UNE FEMME QUI PÈTE EN DONNANT LE SEIN À SON GOSSE ?...
PROUÂ
NON, JE N'AI JAMAIS RIEN VU D'AUSSI LAID !
JAMAIS
ET POURTANT, J'EN AI VU, DES CHOSES LAIDES...
PROUÂ
EN CORÉE, J'AI VU DES TYPES GRILLÉS AU NAPALM.
EN INDOCHINE, J'EN AI VU AVEC LE VENTRE OUVERT PAR LES VIETS ET REMPLI DE PIERRES
EN ALGÉRIE, J'AI VU LA TORTURE...
TIENS, VOILÀ DU BOUDIN !...
2

EH BEN, C'ÉTAIT MOINS LAID QUE DE VOIR UNE FEMME PÉTER EN DONNANT LE SEIN À SON BÉBÉ !
PROUÂ
TIENS ! VOILÀ DU BOUDIN ! POUR LES BELGES, LES SUISSES ET LES LORRAINS...
... POUR LES BELGES Y'EN A PLUS... POUR LES BELGES Y'EN A PLUS...
PROUÂ
C'EST TOUT CE QUE TU CONNAIS, COMME BERCEUSE ?
NON
... MAIS C'EST CE QUI SE RYTHME LE MIEUX AVEC LES PETS !
PROUÂ

AH HAK HAK
KEK
KESS
KESS
KESS
KESS
KESS
KRRRR
FAUT QUE J'ARRÊTE DE FUMER !
HÊURRRRRRRR
HKSSSS
HKSSSS
HKSSSS
ARRRRRR
ARRR
ARRRR
ASSS
ASSS
FAUT ABSOLUMENT QUE J'ARRÊTE DE FUMER
IMPÉRATIF !
TIENS MAMAN, TES CIGARETTES !
PETIT CON, JE T'AVAIS DIT SANS FILTRE !
REISER

C'EST PAS COMME ÇA QU'ON LAVE UN ENFANT !
C'EST PAS COMME ÇA QU'ON SÈCHE UN ENFANT !
C'EST PAS COMME ÇA QU'ON LE TRAITE.

BING
PAUVRE PETIT.
C'EST PAS COMME ÇA QU'ON NOURRIT UN ENFANT!
UN VIEILLARD NON PLUS, D'AILLEURS...

O.K. JE SUIS TOUJOURS LA PLUS BELLE!
C'EST PAS UN BEAU CUL, ÇA, MADAME?
PLAF
PLAF
RIEN QUE DE LA CHAIR FERME!
PLAF
PLAF
?
PLAF
PLAF
QU'EST-CE QUI SE PASSE?
TIENS! ÇA T'APPRENDRA À REGARDER TA MÈRE TOUTE NUE, PETIT VICIEUX!
PLAF

FAUT QUE JE ME LAVE
ÇA FAIT AU MOINS TROIS JOURS...
QUE JE NE ME SUIS PAS RÉCURÉE
ÇA GRATTE!
FAUT QUE JE CHANGE DE CULOTTE AUSSI...
ÇA SERA PAS DU LUXE!
PUTAIN, QUELLE LESSIVE!
ET EN PLUS, FAUT FAIRE À BOUFFER À L'AUTRE CON!
HORREUR!
ET IL VEUT DES PLATS ORIGINAUX
L'ENFOIRÉ!
PAS D'AFFOLEMENT, RÉSUMONS...
TOILETTE DE MADAME
LESSIVE... GROSSE... TRÈS GROSSE!...
VAISSELLE ÉNORME
PLUS CUISINE ORIGINALE...
TOUT ÇA EN DIX MINUTES!...
HIN HIN HIN
1

ET JE TIENS UNE DE CES FLEMMES!...
L'IMPORTANT, DANS CES CAS-LÀ, C'EST D'AVOIR LE MORAL
POUR AVOIR LE MORAL, FAUT DÉJÀ AVOIR UNE CULOTTE PROPRE
MMM MMM
CULOTTE PROPRE...
Y'A PLUS UNE CULOTTE PROPRE
PAS UNE!
SNIF
OH, JE PEUX ENCORE LA GARDER...
OK! LE PROBLÈME LESSIVE EST RÉGLÉ
L'ÉLAN EST DONNÉ, ON VA RÉGLER LES AUTRES DANS LE MÊME STYLE...
UNE BOÎTE DE CORNED-BEEF...
...PLUS LA PAIRE DE BAGUETTES PIQUÉES AU RESTAU CHINOIS
2

HÉ HÉ HE
LE CAUCHEMAR VAISSELLE S'ÉLOIGNE AU GALOP !...
BONSOIR, CHÉRIE !
C'EST TOUT ?
BEN, QUOI, C'EST ORIGINAL, LA BOUFFE CHINOISE
ÇA MANQUE D'ASSAISONNEMENT...
LE VOILÀ, L'ASSAISONNEMENT !
AH, C'EST ORIGINAL !...
FAITES-VOUS CHIER POUR VOUS OCCUPER D'UN HOMME, APRÈS ÇA...
REISER

ALLEZ, HOP, PÉPÉ ! LESSIVE, CACA, PIPI, TOUT ÇA ENSEMBLE, FAUT PAS PERDRE DE TEMPS.
UNE CUILLERÉE POUR LA GUERRE DE 14, UNE CUILLERÉE POUR LA MADELON...
PAIC
ON AGITE LES MANDIBULES,
VITE !
... ABONDAMMENT
ON RINCE...
ON RÉCUPÈRE LE LINGE PROPRE.
ON VIDANGE !
PFOUÂT
BGLIU
GUEULEUG
GUEULEUG
GUEULEUG
ET TOUT EST RÉCURÉ POUR LA JOURNÉE
REISER

BOIS ENCORE UN COUP
QUAND T'ES BOURRÉE Y'A QUE LÀ QUE J'AI UNE PETITE CHANCE DE TE BAISER...
QUOI?
QU'EST-CE QUE TU DIS ?
POURQUOI TU TE FÂCHES?
RÉPÈTE!
RÉPÈTE CE QUE TU VEUX ME FAIRE QUAND JE SERAI BOURRÉE ?
JEANINE!...
RÉPÈTE!
RÉPÈTE!
1

MONSTRE ! VERMINE !
C'EST COMME ÇA QUE TU SÉDUIS LES FEMMES, ENFLURE ?
TU PRENDS TES CLIQUES ET TES CLAQUES...
ET LA PORTE ! DON JUAN DU 12:5 !
"DON JUAN DU 12:5" !
IL N'Y A QUE JEANINE POUR TROUVER UNE EXPRESSION PAREILLE !
ELLE POURRAIT ÉCRIRE DES ROMANS...
C'EST MOI QUI SUIS DÉGOÛTANT DE LUI DIRE DES CHOSES PAREILLES...
ELLE A RAISON DE ME VIRER
JEANINE EST UNE ROMANTIQUE IGNORÉE
JEANINE EST UNE FEMME MERVEILLEUSE !
REISER

DU MÊME AUTEUR

Aux Éditions Albin Michel

ILS SONT MOCHES
MON PAPA
LA VIE AU GRAND AIR
LA VIE DES BÊTES
ON VIT UNE ÉPOQUE FORMIDABLE
VIVE LES FEMMES
VIVE LES VACANCES
PHANTASMES
LES COPINES
GROS DÉGUEULASSE
FOUS D'AMOUR
SAISON DES AMOURS
JEANINE
LA FAMILLE OBOULOT EN VACANCES

Avec Coluche : Y'EN AURA POUR TOUT LE MONDE

*Cet ouvrage a été reproduit
et achevé d'imprimer par l'imprimerie Pollina
à Luçon, le 21 avril 1994.
Dépôt légal : avril 1994.
Numéro d'imprimeur : 65205.*

ISBN 2-07-038250-8 .*Imprimé en France* .

58373